「星の王子さま」
Le Petit Prince との
ちょっぴり哲学的な
さ・ん・ぽ…

前川 久次

東京図書出版

はじめに

英語は、おとなの言葉を子どももしゃべり、
フランス語は、子どもの言葉をそのままおとなが使っている。
そんな感じがします。

いずれにしても、
おとなが使う言葉と子どもが使う言葉は、ほとんど同じです。

しかし日本語では、
おとなの言葉と子どもの言葉とがはっきりと分かれているようです。
だから、子どもの話とおとなの話が別になってしまいます。

サン＝テグジュペリの*Le Petit Prince*
(『ル プティ プランス＝小さな王子』）を
日本語に訳そうとすると、
どうしても子どもの話になってしまう。
しかし、おとなにも考えさせる内容を十分に含んでいる、
いや、おとなだからこそ読み取れる深さを、
ちゃんと備えているのは、よく知られています。
それも、厳しい、かなり厳しい話なのです。
ロマンチックで、華やかな、

子どものための「おはなし」という表側の奥に、
きちんと隠されている、
おとなたちに向けられたメッセージ。
分かるようでありながら、
いまひとつ分かりきれない気もする、
隠されたそのメッセージを探りながら、
大事な言葉のひとつひとつを考え、
巡り歩く旅をしてみることにしました。

一緒に考えてみて下さい。

目　次

はじめに 1

1．レオン・ウェルツへ 7
2．出　会　い 10
3．トルコの天文学者 13
4．バオバブ 16
5．夕　　陽 19
6．真面目な男 22
7．バラ、そして旅立ち 25
8．王　さ　ま 28
9．虚　栄　者 31
10．酒　飲　み 34
11．ビジネスマン（忙しい男） 37
12．街燈点火夫 41
13．地理学者 44
14．地　　球 47
15．金色のへび 50

16. 砂漠の花 ……………………………………………………………53
17. エ コ ー ……………………………………………………………56
18. きつね 1 …………………………………………………………59
19. きつね 2 …………………………………………………………63
20. きつね 3 …………………………………………………………67
21. きつね 4 …………………………………………………………70
22. きつね 5 …………………………………………………………74
23. きつね 6 …………………………………………………………78
24. 線路切り替え手 …………………………………………………81
25. 薬 商 人 ……………………………………………………………84
26. 砂 漠 1 ……………………………………………………………87
27. 砂 漠 2 ……………………………………………………………90
28. 井 戸 ………………………………………………………………94
29. 別 れ ………………………………………………………………97

おわりに ……………………………………………………………100

1．レオン・ウェルツへ

Toutes les grandes personnes ont d'abord été des enfants.
トゥートレ グランド ペルソンヌ オン ダボール エテ デ ザンファン.

(Mais peu d'entre elles s'en souviennent.)
(メ プゥ ダントゥル エル サン スーヴィエンヌ.)

「おとなたちはみんな、はじめは子どもだった。
(しかし、そのことを覚えているおとなは、あまり居ない)」

子どもの頃を「思い出すこと」は誰でも出来ます。

しかし、サン＝テグジュペリがここで言っているのは、そういうことではないらしい。

雪の塊を冷たい外気の中でみがいていると、氷のようになって、透明感を持ち始める。
太陽の光がその中で変質し、キラキラと輝く。
ひと粒ひと粒のその光を見つめて、うっとりとする。
そこには「本質」が宿っているからです。
しかし、そうした「本質」に夢中になることを、
おとなになると忘れてしまいます。
もっと大事なことがあると思ってしまうのです。
本当は、そうした感性こそがいちばん大事なのに。

そうして、「子どもの頃は良かった」などと言いながら、
「本質」が分からなくなって、
金儲けに夢中になり、競争し合い、憎しみ合い、戦争で殺し合ったりします。
みんながちゃんと、子どもの時の感性と想像力を持ち続けていれば、
戦争で殺し合ったりすることは起こらないはずです。

ユダヤ人であるレオン・ウェルツは、「本質」が理解できる

ひとでした。
この本が書かれた時は、戦争のさ中でした。
ドイツに占領されたフランスで、その彼が、
いつ殺されるか分からない状況の中で、ひっそりと暮らしていたのです。
サン＝テグジュペリは悲しかったでしょう。

戦争は、なくなりません。
世界のどこかで今も続いています。
それを利用して、金儲けをしている人たちも居るのです。

2. 出 会 い

Je ne veux pas d’un éléphant dans un boa.
ジュ ヌ ヴゥ パ ダン ネレファン ダン ザン ボア.

「ボアの中にいる象など欲しくない」

Petit Prince は、絵を見るなりいきなり、そう言います。

誰にも見えなかった絵の中が、彼には見えるのです。
不思議なことです。

そもそも無理ですよね。
いくら子どもの明澄さを保っていても、あの絵の中は見えません。
よく見ると、右の端にポツンと眼が描かれているので、
帽子ではないとは分かりますが、
それ以上を理解するのは不可能です。

サン＝テグジュペリしか知らなかった、
その絵の中身が彼には見えるのです。
どういうことでしょうか。

Petit Prince は、サン＝テグジュペリその人なのです。

「僕の中にはこんな子どもが住んでいるんだ」と言いながら、
彼は絵を描いて見せたことがありました。
それが、Le Petit Prince の原型です。
それはたぶん、
心理学的な「元型」となって、
作者の中に住み続けている、子ども時代の彼自身なのでしょう。

遭難して、砂漠の中に独り居て、死に直面している彼に、
彼自身の元型が会いに来てくれた、
それが始まりです。
全体はもちろん創作ですが、
遭難は彼自身の体験がもとになっているのは、ご存知のとおりです。
あとになって描いたという肖像画は、飛行士の物らしい革のブーツを履き、
肩章を付け、帯を締め、マントを着た貴族の服装で、
抜き身の剣まで持っています。

この話が書かれた頃、彼は亡命してアメリカに居ましたが、
フランス人たちの政治的な意見の対立に巻き込まれて、
砂漠の中に居るよりも独りでした。
ひとりで居る時よりも、人びとの中に居る時の方が、
はるかに孤独であることがあります。

３．トルコの天文学者

Mais personne ne l’avait cru à cause de son costume.
メ ペルソンヌ ヌ ラヴェ クリュ ア コーズ ド ソン コスチューム.

「しかし、その服装のせいで、誰も彼を信じなかった」

よくある話です。

というよりも、私たちの生活では、それが普通です。
どうしても、外見からひとを判断し、
気に入らなければ仲間外れにしようとする。
異分子を排除しようとするのは、私たちの「性（さが）」なのでしょうか。

ひとの内面はなかなか見えません。
無難に世を過ごしていくために、内面を隠して生活したりもします。
服装もやはり仮面のひとつなのでしょう。
あるいは、まわりに合わせて自分のキャラクターを設定し、
服のように、それをまとって生きていたりもします。
それもやはり仮面なのですが、
そのうち、そちらの方が本来の自分であるような状態にもなる。
内面を失い、孤独に耐えられなくなる。
仮面を付けて世の中にまぎれ込んでいきたくなる。

サン＝テグジュペリはしかし、その内面に語りかけてきます。
その言葉によって、さまざまな疑問も出てくる。
彼は、そうした疑問も、そして孤独も、
失ってはいけないと、語っています。

それは、とても不安定な生き方です。
孤独に耐え、
絶えず問いかけていなければいけない。
自分はこうだと提出できる自分が、居なくなってしまいます。

しかし、逆に、
絶えず問いかけている自分こそが、そのまま自分なのだと居直ってしまうと、
自分自身の中に、多様な自分を発見できるかも知れません。
その多様さをそのまま生きる、
それもまた、楽しいかも知れません。
そして、ほかのひとたちの多様性もそのまま認められるかも。

ひとは本来、多面的なのだと思います。

4. バオバブ

Il faut s'astreindre régulièrment à arracher les baobabs dès qu'on les distingue. . . .
イル フォー サストレンドル レギュリエールモン ア アラッシェ レ バオバブ デ コン レ ディスタング. . . .

「バオバブを見つけたらすぐに引き抜くように、きちんと努めなければいけない……」

この本が書かれた1943年当時、ファシズムの嵐が世界中に吹き荒れていました。
人びとの心に不満が鬱積（うっせき）すると、
ちょっとしたきっかけで、全体主義はあっという間に成長します。

みんながすることを自分もし、
みんなが唱（とな）えることを、自分も唱える。
ある意味でそれは、とても気持ちの良いことです。
すがすがしくもあります。

しかし、それが強制されるとなると、
すでに全体主義です。
強制されているという意識もないまま、
いつの間にか、ひとは強制されます。
しかも、お互いに監視し合い、お互いに強制し合うのです。
みんな走り始めます。
マラソンと違い、どこへ向かっているのか分からないまま。

みんなと一緒に走っていないと、
不安にもなります。

破滅するまで走り続けます。

一緒に、まわりも破滅させながら……。

サン＝テグジュペリは、それを、
バオバブの成長に譬(たと)えたということです。

5. 夕　　陽

Quand on est tellement triste on aime les couchers de soleil.
カン トンネ テルモン トリスト オン ネーム レ クーシェ ド ソレイユ.

「とても哀しいときには、夕陽を眺めるのが好きになる」

哀しいときに、黙ってひとりで日没を見ていると、
本当になぐさめられます。
今の哀しみをそのまま受け止め、心の井戸にしまう、
そうしたことが出来るみたいです。

しかし、哀しいときだけでなく、夕陽を眺めることが、私たちは好きです。
何故でしょう？
本能だからだと思います。
私たちは皆、太陽によって生かされています。
ひと日の終わり、
夕日の太陽は、ひとりひとりの私を、そのままに受け止めてくれるようです。
そして、私たちもまた、その太陽と正面に向かい合い、
いかようなものであれ、自分の命を感じるのです。
何も注文をつけず、
そのままに包み込んでくれる大きな力を感じるのです。

二十四年以上生き、すでに片目はつぶれた、
タムという猫が命を終えようとする時、
フリース・コートの懐（ふところ）に抱きかかえ、
見晴らしの良い近くの原に出て、
いっしょに夕陽を眺めたことがあります。

冬の夕陽でした。

「ここで、おまえは生きたんだよ。二十四年、ありがとうね」
そう言ってやりたかったのです。
伝わったかどうか、分かりませんが、
タムはひとつだけの眼で、こちらを見返しました。

動物の眼は、宇宙の窓です。

６．真面目な男

Je suis un homme sérieux!
ジュ スィ ザン ノム セリュー！

「俺は、真面目な人間なんだ！」

真面目であることは良いことです。

物事に真剣に取り組むのも大事です。
問題なのは、自分の真面目さ真剣さを認めるように、ひとにも求めることです。

本当に真面目なら、本当に真剣なら、そんな心の動きは出てきません。
そのひとは、真面目な自分、真剣な自分を、演じているだけなのです。
自尊心を満足させるために、自分でも気付かないまま、演じているだけなのです。
そして、そんな自分を、ひとからも評価してもらいたい。
評価してもらえないと、腹を立てる。
それは「甘え」です。

真面目でありながら、真剣でありながら、
自分を失わず、心の柔軟さを保っていられれば、
まわりに対して、もっと寛容でいられる筈なのです。

心の、その柔軟性のことを、「ユーモア」といいます。
一般には、「ユーモア」のことを、「面白さ」と考え、
冗談をよく言う人のことを、「あのひとはユーモアがある」
などと言いますが、

自分を失わぬまま、心の柔軟性を保っていられる
その状態こそが「ユーモア」であり、
ひとを和ませる楽しい冗談は、そこから出てくる結果なのです。
ただ笑わせようとしての冗談は、「ユーモア」ではありません。

とはいえ、私たちの心は、よく硬直化します。
そして、本当に大事なことと、そうではないこととの見分けが出来なくなります。
生きるか死ぬかの境目に立っていながら、心の柔軟性を保つのは容易ではありません。

この本が書かれたのと同じ第二次世界大戦末期に、日夜米軍機に襲われながらも、
たとえ、食糧確保の手伝いとはいえ、
栗拾いやザリガニ取りに夢中になっていられた子どもも、
おとなになってしまえば、なかなかそうはいきません。
いつ、心の柔軟性を失って、
「俺は真面目な人間なんだ」と、
口走らないとも限りません。

7．バラ、そして旅立ち

Il avait pris au sérieux des mots sans importance,
イラヴェ プリ オー セリュー デ モ サン ザンポルタンス,
et était devunu très malheureux.
エ エテ ドヴニュ トレ マルルー.

(Je n'ai alors rien su comprendre!
(ジュ ネ アロー リヤン スュ コンプランドル！
J'aurais dû la juger sur les actes et non sur les mots.)
ジォレ デュ ラ ジュジェ スュル レ ザクト エ ノン スュル レ モ.)

「意味のない言葉を真面目に受け取って、彼は、ひどく不幸になってしまった」

(「僕はあの頃、理解するということを、まるで知らなかった！
何を言うかではなく、どんなことをするかで、バラを判断するべきだったろう」)

「出会い」と「別れ」、そして「旅立ち」。

物理的なものであれ、精神的なものであれ、ひとの生は、それで成り立っています。

この世に生まれることが最初の「出会い」であり、
この世を去ることが、最後の「別れ」であり、「旅立ち」でもあります。
その間に繰り返される数多くの「出会い」と「別れ」と「旅立ち」……

その経験を重ねながら、ひとは、「別れ」を予感しながら「出会う」ようにもなります。
時間と空間、永遠の中の「この時間」と、大宇宙の中の「この空間」。
その「時・空」が交わるところでしか起こらない、「この出会い」は、
それが、どんな「出会い」であっても、とても不思議です。
「別れ」を予感しながらの「出会い」は、その底に「哀しみ」を秘めているだけに、貴重です。
ひとと生き物との間、花や樹々との間にも、
それはあります。
全ては「一期一会」。

つまり、「一期一会」とは、めったにない機会のことではなく、日常のことなのです。
そこに流れる「哀しみ」からは、そして「後悔」からは、
逃げようとしても逃げられません。
逃げるのではなく、忘れようとするのではなく、
「哀しみ」や「後悔」を温かく心に抱いたまま、その時その時の出会いと向き合うのです。
すると、その「出会い」は常に「本質」となります。

そうした「出会い」を重ねるごとに、「心の井戸」が深くなり、
おなじ諧調（かいちょう）で、
「別れ」も、「旅立ち」も受け入れられるようになります。

8. 王さま

Pour les rois, le monde est très simplifié.
プールレロア, ルモンドエトレサンプリフィエ.

Tous les hommes sont des sujets.
トゥーレゾムソンデスュジェ.

「王さまから見ると、世の中はとても簡単に出来ています。
人びとは、みんな召使いなのですから」

外からは見えないように隠れながら、

ひとは、それぞれ自分の星に住んでいて、
誰でもそこでは王さまなのです。
あのひとは好きとか、あのひとは嫌いなどと、そこから判断しています。

おとなになっていくにつれ、その「隠れ蓑（かくれみの）」は、それぞれの社会に合わせてだんだんと固まりはじめ、
それが、身に付いた仮面となって、もはや脱げなくなってしまいます。
それぞれの社会でそれなりの権威を持つと、なおさらそうなります。
そして、その奥の自分の星から、まわりに命令し始めます。
まわりも、やはり仮面を付けたまま、その命令を期待するのです。
仮面同士の付き合いです。
そこには、人と人とが心で触れ合える世界は生まれません。

おとなになってしまうと、「隠れ蓑」なしでは生きられませんが、
最初は子どもだった自分を、しっかりと覚えていて、いつでもそこに戻れるならば、
そのひとは、心の柔軟さをいつまでも保ちつづけ、

仮面が脱げない悲しみからは解放されます。

そのためには「孤独」が必要です。
ひとりになって、一旦自分の星に戻り、
そこからまわりを見つめなおすのです。
「さびしい」かも知れませんが、その「さびしさ」は大切です。
その時、自分はこの星の上に、ひとりで立っていると感じられる筈です。
大地を踏みしめて、宇宙と向き合い、ひとりで立っているのです。

「孤独」、それを、あたたかく心に抱けるとき、
ひとは、温かく、そして大きくなれる。

9. 虚 栄 者

Les vaniteux n'entendent jamais que les louanges.
レ ヴァニトゥー ナンタンド ジャメ ク レ ルアンジュ.

「虚栄者には、褒め言葉以外、けっして耳に入らない」

ひとの虚栄心の表れは、すぐに分かります。

何故なら、虚栄心は誰にでもあるからです。
虚栄心だけを生きがいにして、頑張っているひとも居るのです。
そのひとが良い人の場合、まわりは、おおらかに認めてあげなければいけません。

誰にでもある虚栄心。
しかし、自分の心の中を覗いてみることが出来ず、
そこにひそんだ虚栄心に気付かないとなると、
少し、困ったことになります。
それこそ、褒め言葉しか耳に入らなくなり、
「あんたのお化粧、少し変よ」などという、
耳に痛い、聞きづらい言葉は聞こえなくなります。
本当に聞こえないのです。

居心地の良い場所ばかりを求め、嘘で固めた人生になります。
ここでも「本質」が見えなくなるのです。
そのことに、自分でも気付きません。

そして、背伸びし、肩ひじ張った、
虚栄心同士の競争が始まるのです。
他人（ひと）が気になって仕方がありません。

心の静かさはどこかへ行ってしまい、
まわりはもう何も言わなくなります。

怖いです。

10. 酒飲み

Honte de boire! acheva le buveur
オント ド ボアール！ アシュヴァ ル ビュヴー
qui s'enferma définitivement dans le silence.
キ サンフェルマ デフィニティーヴモン ダン ル シランス.

「飲むのが恥ずかしい！　そう言い終えると酒飲みは、もう何も言わなくなってしまった」

酔っぱらいは好きではないのですが、

短く、エピソードのように挿入された
意味もないこの部分が、
何故か好きです。

権威を振りかざし、罵(ののし)り合い、攻撃し合う人たちと比べると、
酒飲みは、偉ぶったりしないし、ひとを傷付けたりもしないで、
酒を飲み、黙ってしまう。

戦車とウォツカとを交換してしまった、ロシアの兵隊の話がありました。
少なくともそうなれば、戦争にはなりません。
残念ながら、彼らは、軍隊から罰せられてしまいましたが。

＊＊＊＊＊＊

『聖なる酔っぱらいの伝説』という小説もあります。

11. ビジネスマン（忙しい男）

Je n'ai pas le temp de rêvasser.
ジュネパルタンドレバッセ.

「俺には、夢想にふけっている暇はない」

ここでサン＝テグジュペリは、“Businessman”という英語を使っています。
多分、この言葉が“Busy”と結びついているからだと思います。

私たちも、忙しくしているほうが好きです。
「暇つぶし」などという言葉があるくらい、暇があると持て余してしまいます。
忙しくないと、不安になったりもします。
せっかく自分の時間を与えられても、どう使って良いかが分からない。

幼稚園から小学校、中学校、高等学校、そして仕事、あるいは大学、そしてやはり仕事。
もちろん、「生活」ということがあって働かなければいけない、
それも出来るだけ「良い生活」がしたい。
物質的、経済的に恵まれた「良い生活」がしたい。
だから、絶えずせかされていて、人生のスケジュールはほとんど決まっています。
それこそ「夢想」にふけっている暇はないのです。

しかし、しかしです。
星を見つめることは、本当に「夢想」なのでしょうか。

「今という時間」、「ここという空間」にある「この時空」の「私」は、
本当は、この地球の上にあって、ものすごい勢いで移動しています。
地球は自転し、
ほかの惑星たちと共に太陽のまわりを公転し、
その太陽系も銀河系の中を動いています。
この時空は、時間においても空間においても、想像も及ばぬ動きであるのに、
事実であるその動きが、私たちには感じられません。
感じては生きられないのです。しかし、「事実」です。
そして、そうあらしめる大きな力は、さらに大宇宙全体にも及んでいる。
星を見つめて、その「事実」にまで想いをはせるとしたら、
それはもう「夢想」とは言えません。

思いがけずポツンと独りになれたら、その機会に、

ちょっとばかり想像力を使って、その「事実」を想ってみたらどうでしょう。
昼間でも星はあります。ただ見えないだけです。

わざわざ空が澄んだ場所へ行かなければ、星があまり見えなくなりました。
戦争が終わったばかりの頃の、静かな星空を思い出します。

12. 街燈点火夫

C'est la consigne.

セ ラ コンシーニュ.

「それが務(つと)めなのさ」

サン＝テグジュペリが、

戦争が終わったらなりたかったという、
修道僧のように、

どこかの片隅で、
ひっそりと自分の「務め（つとめ）」を果たしている、
そういうひとが、
必ず居ます。

歳を取るにつれ、私たちの時間もはやくなります。
振り返ってみると、あっという間です。

Bonjour, “ボンジュール”
Bonsoir, “ボンソワール”

夜が明け、
日が暮れる。
その度に、
静かな声が聞こえます。

北風が吹いて
“チリン”と、ひとつ

星が光を落としました。

13. 地理学者

《Ephémère（エフェメール）「はかない」》

Ça signifie «qui est menacé de disparition prochaine».
サ シニフィ《キ エ ムナセ ド ディスパリッション プロシェーヌ》.

「その意味は、《やがて消滅してしまうという事実に、おびやかされている》ということ」

13. 地理学者

「はかない」

恐ろしい言葉です。
自分という存在を含め、時間が経てば、すべては必ず消えてしまう。

気付いたのは、十歳の頃でした。
そのことを考えていると、言葉では表（あらわ）しきれないほど恐ろしい。
おとなたちより先に寝床に入っても、寝付けない。

そのうちなんとか眠ると、まわりの闇が塊となり、
重さを宿して自分の上にのしかかる。
苦しい。ひどく苦しい。しかし、声が出せない。
必死にもがき、やっとのことで「ヤダーッ！」と声が出て、
知らぬ間に起き上がっている。
と、欄間（らんま）越しの隣室の明かりがすっと遠ざかり、
無限の距離を隔てて、そのままはっきりと
異様なくらいはっきりと見える。
心がしんとして、
自分だけが別の世界に移動してしまったような寂寥感（せきりょうかん）が襲（おそ）ってくる。

すべては「はかない」。
それは「事実」です。

その「事実」を見つめながら生きるのか、
その「事実」を見ないようにして生きるのか、
それは人それぞれの選択です。
見つめながら生きるしかない資質を、最初から与えられているひとも居るでしょう。
いずれにしても、
サン＝テグジュペリはその「事実」を、ここで提出しています。

見ないようにして生きても、
見つめながら生きても、
それなりの楽しさと、それなりの苦しみがあるでしょう。

しかし、
「はかない」からこそ、「いずれは消えてしまう」からこそ、
「愛しい」のです。

自分を探そうとして生きるのか、
自分を忘れようとして生きるのか、
それは常に問われています。

14. 地　　球

La Terre n'est pas une planète quelconque!
ラ テール ネ パ ズュヌ プラネート ケルコンク！

「地球は、どこにでもあるという天体ではない！」

はたして、そうでしょうか？

この本が書かれた1943年と比べると、天文学は飛躍的に進歩しました。
無数の銀河を含むこの大宇宙に、地球のような天体も無数にあるようです。
知的生命体はこの地球にしか存在しない、そう言い切れる可能性は、
どんどんと少なくなっています。

スペースシャトルから見た地球、あるいは月から見た地球。
さらには、太陽系の端から写された、他の惑星たちと共にポツンと浮かぶ地球。
いつでも眼にすることが出来るようになったその映像を見ていると、
「不思議さ」にとらわれます。
ただ、静かに、そこに在るのです。
その上に、あるいはその中に、
私たちが存在し、命の営みを続けているという気配は、
まるで感じられません。

はるかの彼方から、
　　「もっと大事に」

「もっと謙虚に」
と、問いかけられているようです。

でも、駄目でしょう。

今はしかし、サン＝テグジュペリの想像力の宇宙に戻りましょう。

15. 金色のへび

On est un peu seul dans le désert. . . .
オン ネ アン プー スール ダン ル デゼール. . . .

On est seul aussi chez les hommes.
オン ネ スール オーシ シェ レ ゾム.

「砂漠は少しさびしいね……」
「ひとの中に居たってさびしいさ」

いよいよ、へびが登場します。

これまで、人間たちとの間では「会話」が成り立ちませんでした。
人間たちは皆、相手のことを聞きもしなければ、何か尋ねようともせず、
一方的に決めつけて、自分のことを語るだけか、命令するだけでした。
それは「会話」ではなく、「話々(わわ)」です。
私たちがしていると思っている「会話」、そのほとんどは「話々」です。
皆、自分のことをしゃべるだけで、相手の話はほとんど聴いていない。
「ひとの中に居てもさびしい」のです。

へびは知恵者です。
自分の哲学を持っています。
「会話」が成立します。
お互いにきちんと相手のことを尋ね、判断し、そして次の言葉が出てきます。
だから、絶えず沈黙が挟まれます。
その沈黙も言葉なのです。

ポツリポツリと交わされる彼らの声は、静かなのに、よく響

きます。

pourquoi parles-tu toujours par énigmes?

プールコア パルル チュ トゥジュール パル エニグム？

Je les résous toutes,

ジュ レ レズー トゥート，

「なぜ、いつも謎でしゃべるの？」

「いずれ、みんな解いてやるよ」

それこそ謎のような会話の中で、
へびの役割が暗示されます。

16. 砂漠の花

Le vent les promène.

ル ヴァン レ プロメーヌ.

Ils manquent de racines, ça les gêne beaucoup.

イル マンク ド ラシーヌ, サ レ ジェーヌ ボークー.

「風に吹かれてフラフラ動きまわる。

人間たちには根っこがないの。

とても困っているわ」

サン＝テグジュペリを含め、アメリカに亡命していたフランス人たちは、
まさに、根っこを失った「デラシネ（déraciné）」でした。

しかし、彼らに限らず、
私たちは、みんな「デラシネ」です。
家庭とか職場とか、仮そめの根っこにしがみついて、
辛うじて「アイデンティティ（自分の身分証明＝自己同一性）」を、
確立しているようですが、
いったん戦争とかの大風が吹けば、
その根っこは、あっけなく失われます。
自分は何者なのかを問われ、
国家とかの根っこを求めて、
言われるままに旗を振り、熱狂します。
何者なのかを常に問われている、そんな不安定さに耐えられないのです。
みんなと同じ状態に居て、安心していたいのです。

出来れば、自分自身がよく分からない状態に居て、
心の中の声に耳を澄ませながら、常に自分を探していたいのですが、
なかなかうまくはいきません。

第一、社会の中に居ると、
まわりがそれを許してはくれない、
そういうことがあります。
それで、とりあえず何らかの仮面をかぶり、
それなりに安心しているふりをします。

でも私たちは、本当は常に不安です。
「デラシネ」なのです。

17. エコー

Les hommes manquent d'imagination.

レ ゾム マンク ディマジナシォン.

Ils répètent ce qu'on leur dit. . . .

イル レペート ス コン ルール ディ. . . .

「人間たちには想像力がない。
言われたことを繰り返すだけだ……」

ここでは、前の章「砂漠の花」の、「デラシネ」のテーマが引き継がれています。
「人間批判」です。
やはり、こちらの心にグサリと突き刺さります。

さすがに山彦(やまびこ)のような「おうむ返し」は少ないですが、
普段私たちがしゃべる内容のほとんどは、
新聞や雑誌、週刊誌、テレビやインターネットからの「受け売り」です。

目にし、耳にした言葉や表現を推し量りながら、
心の引き出しに落ち着かせ、
いったん忘れておいてから、
必要なときに、そこから取り出す、その作業をしていません。
「自分の言葉」になっていないのです。

それを、「想像力の欠如」と、サン＝テグジュペリは切り捨てます。
厳しいです。

すでに述べたように、
「金色のへび」の章では、
会話の間に沈黙がよく挟まれます。

言葉を探す作業が行われているのです。
だから、出てくる言葉に重みが加わります。
相手も、その沈黙の意味を考えながら、待たなければいけません。
そして、出てきた言葉を、想像力を使いながら考えます。
また沈黙が挟まれます。
何度も言うように、それも言葉なのです。
だから、そうした沈黙を怖がらないようにしたいですね。
間をおかずにしゃべり続ける必要はないのです。

18. きつね 1

Qu’est-ce que signifie «apprivoiser»?

ケ スク シニフィ《アプリヴォアゼ》?

C’est une chose trop oubliée. Ça signifie «créer des liens. . .».

セ チュヌ ショーズ トロ ウーブリエ. サ シニフィ《クレエ デ リアン. . .》.

Si tu m’apprivoises, nous aurons besoin l’un de l’autre.

シ チュ マプリヴォアーズ, ヌー ゾーロン ブゾアン ランド ロートル.

Tu seras pour moi unique au monde.

チュ スラ プール モァ ユニーク オー モンド.

Je serai pour toi unique au monde.

ジュ スレ プール トァ ユニーク オー モンド.

「《アプリヴォアゼ》とは、どういう意味？」

「すっかり忘れられていることだよ。《結びつきを創(つく)りだす》という意味だ……。

もし君が俺をアプリヴォアゼすると、俺たちは、お互いに必要になる。

君は俺にとって、世界で唯一の存在になるし、

俺も君にとって、世界で唯一の存在になる」

さて《apprivoiser》です。この言葉をどう訳すかは問題です。
きつねは自分が動物なので、
「飼いならす」という意味の、この言葉を使っていますが、
日本語では、どうもぴったりとしない。
サン＝テグジュペリもこの言葉を、彼なりの意味で使っています。
しかも、使われ方が重いのです。
無理に訳しても、重さが消えて変な感じになる。
きつねも、その意味をちゃんと説明してくれていますから、
訳語にこだわらず、このままで受け取っておいた方がいいでしょう。

「お互いに世界で唯一の存在になる」というこの言葉は本当に重い。
「愛する」などという、いささか手垢（てあか）のついてしまった言葉より、ずっと重い。
もちろん、「恋愛関係」などとも違います。
のちに書かれているとおり、相手に対する、命ある限りの責任が生じます。
「責任」という言葉は法律用語になっているので、堅苦しい感じですが、
「どうしても、心が行く。

「どうしても、相手のことを思ってしまう」
そういう状態のことでしょう。
それが、命のある限り続くのです。

C'est le temps que tu as perdu pour ta rose qui fait ta rose si importante.
セル タン ク チュ ア ペルデュ プール タ ローズ キ フェ タ ローズ シ アンポルタント.
「バラのために使った時間が、そのバラをとても大切なものにする」

相手のために時間を費やすと、
「どうしても、その相手のほうへ心が行く」そういう状態が生まれます。
それにしても、出来ればそんな関係は避けていたい。
しかし、そうはいかないこともあるのです。

そうした「責任」を背負いつつ生きる時、
ことによったら私たちは、
いくらかでも「デラシネ」ではなくなるのかも知れません。

19. きつね 2

On ne connaît que les choses que l'on apprivoise.
オン ヌ コネ ク レ ショーズ ク ロン ナプリヴォワーズ.
Les hommes n'ont plus le temps de rien connaître.
レ ゾム ノン プリュ ル タン ド リヤン コネートル.
Ils achètent des choses toutes faites chez les marchands.
イル ザシェート デ ショーズ トゥート フェット シェ レ マルシャン.
Mais comme il n'existe point de marchands d'amis,
メ コム イル ネグズィスト ポアン ド マルシャン ダミ,
les hommes n'ont plus d'amis.
レ ゾム ノン プリュ ダミ.

「物事をちゃんと識(し)るには、アプリヴォアゼしなければならない。
人間たちは、もはや、何かをちゃんと識るための時間を持っていない。
彼らは、すっかり出来上がった物を商店で買うだけだ。
しかし、友だちを売っている商店はないから、
人間たちは、もう、友だちが得られないのさ」

忙しくなって、絶えずせかされていて、
何かにじっくりと時間をかけるということが出来なくなっています。
「時間を味方にする」という生き方が、出来にくくなっているのです。
時間に追われ、せかされて、時間は私たちの敵になってしまっている。
絶えず、時間との闘いなのです。

それは、お金で解決できる問題ではありません。お金が有りさえすれば何でも手に入れられるというのは、思い上がりです。
友だちを売っている商店はないという、きつねの指摘は正しい。

友だちも、お金でつくれるような気がしますが、
そういう友だちは、また、お金で離れていきます。
といって、ちゃんとした友だちをつくる時間は、私たちには、もう、ないのです。

寂しいことです。

20. きつね 3

Le langage est source de malentendus.
ル ランガージュ エ スルス ド マランタンデュ.

「言葉は誤解のもとだよ」

私たちは、言葉を使わなければ暮らしていけません。
あたりまえですよね。

でも、言葉はちゃんと言葉通りに相手に伝わるのでしょうか？
それより何より、言葉を伝えようとする私たち自身、
その言葉の意味をちゃんと理解して使っているのでしょうか？
そんなことはありません。
そんなことをしていたら、普通に会話することが出来なくなります。

しかし、言葉だけが勝手に出てしまい、相手をひどく傷つけてしまった、
そんな経験が誰にでもあります。
いったん口から出てしまった言葉は、もう取り戻せません。
誤解を解こうとして言葉を重ねれば、誤解はますますひどくなります。
理解してくれない相手に腹も立ってきます。
言葉が怖くなります。

大事な友だちになろうとする時の、きつねの選択は賢明です。
言葉に頼らず、毎日同じ時刻にやって来て、

その時間を少しずつ延ばし、少しずつ、近寄って行く。
お互いに見つめ合おうともしません。

ひとりひとりが別々に、しかし同じ目標に向かっている時、
言葉を使って無理に親しくなろうとしなくとも、自然に心が通い合う、
そんなことがよくありますし、
そうやって出来上がった間柄というのは、かけがえのないものです。

だがしかし、
『適所に置かれし言葉の力を我は知りぬ』(モーパッサン「小説論」)、
そういうことも、あります。
口から出まかせに“しゃべる”のではなく、
怖さを知って、一語一語、言葉を選びながら“話したい”のですが、
なかなか上手くいきません。

それでも、言葉を使わなければ暮らしていけないんですよね。

21. きつね 4

Il eût mieux valu revenir à la même heure, dit le renard.

イル ユー ミュー ヴァリュ ルヴニール ア ラ メーム ウール, ディ ル ルナール.

Si tu viens, par exemple, à quatre heures de l'après-midi,

シ チュ ヴィアン, パル エグザンプル, ア クァトル ウールド ラプレミディ,

dès trois heures je commencerai d'être heureux.

デ トロァ ズール ジュ コマンスレ デートル ウールー.

Plus l'heure avancera, plus je me sentirai heureux.

プリュ ルール アヴァンスラ, プリュ ジュ ム サンティレ ウールー.

A quatre heures, déjà, je m'agiterai et m'inquiéterai;

ア クァトル ウール, デジァ, ジュ マジトレ エ マンキエトレ;

je découvrirai le prix du bonheur!

ジュ デクーヴリレ ル プリ デュ ボヌール！

Mais si tu viens n'importe quand,

メ シ チュ ヴィアン ナンポルト カン,

je ne saurai jamais

ジュ ヌ ソーレ ジャメ

à quelle heure m'habiller le cœur. . . .

ア ケル ウール マビエ ル クール. . . .

Il faut des rites.

イル フォー デ リット.

「また来てくれるなら、同じ時間のほうが良いな」と、きつねは言った。
「もし、例えばだが、午後の４時に来てくれれば、
３時には、幸せになり始める。
時間が経つにつれて、俺はますます幸せになる。
４時にはもう、胸がどきどきするし、心配にもなってくる。
そんな具合にして、その幸せの価値を見つけるのさ！
しかし、あんたがいつでもかまわずにやって来るなら、
なん時に心の支度をしたらいいのか、分からなくなっちまう……。
『決まった儀式』というものが必要なんだ」

きつねの心は繊細(せんさい)です。

相手に会える時間が近づくにつれて、どきどきし始める。
だからこそ、会えた時の幸福感が本当に味わえるのです。

そうした繊細さを私たちは嫌い、さとられまいとして、
そうではない自分を演出します。
今の世の中では、繊細さは心の弱さと受け取られ、
成長するにつれて、なくすように仕向けられます。

しかし、そうでしょうか？
本当に、心の弱さなのでしょうか？
そうではないと思います。

繊細さがあってこそ、大事な想像力も育つのです。
繊細さを、やすりをかけるように削り取ることによって、
私たちは、想像力も削り取ってはいないでしょうか？

このあとで、きつねは、
「典礼」とも訳される《rite》という言葉を、
「ひとつの時間を他の時間と違うものにすること、
ある一日を他の一日と違うものにすること」
と、説明します。
それも、きつねが言うように、

私たちが忘れがちになっていることでしょう。
残念ながら、
どの時間も、どの一日も、
みんな同じように流れてしまっている、そんな気がします。

22. きつね 5

Vous êtes belles, mais vous êtes vides.

ヴー ゼット ベル, メ ヴー ゼット ヴィッド.

On ne peut pas mourir pour vous.

オン ヌ プー パ ムーリール プール ヴー.

「君たちはきれいだよ。でも君たちは空っぽだ。
君たちのために死ぬことは出来ない」

きつねと会う前に、バラたちに会いました。

自分は世界で唯一と言っていたバラなのに、
地球ではいくらでも咲いているという発見はショックでした。
しかし、きつねから《アプリヴォアゼ》ということを教えてもらい、
やはり自分のバラは唯一なのだと気付いて、
もう一度地球のバラたちに会いに行きます。

ここでの「死ぬ」とは、命を「捨てる」ということではなく、
自分が生きている限り、折々に相手を思う、
それが、相手のために死ぬということでしょうが、それにしても厳しいです。
無理にそうするのではなく、
《アプリヴォアゼ》するとは、自然にそうなるということでしょう。
そういうことは、確かにあります。

ところで、「世界で唯一」というのは、別に本の中のバラやきつねだけではなく、
私たちひとりひとりが、実は世界で唯一なのだということはお気付きですよね。

誕生し、初めて世界を認識するとき、自分以外は全て自分の外に在ります。
母親や父親たちにしても、やはり、自分の外です。
その「私」がそのまま育っていくのですが、
「自分」と「自分の外」という関係は変わりません。

しかし、地球の自転を感じられないのと同じに、
その関係はなかなか感じられません。
それでも、感じようと感じられまいと、その関係を常に生きているのです。
「我が顔を見ることあたわず」です。
自分の痛みはそのまま感じますが、他者の痛みを、そのまま感じることは出来ません。
いくら他者の死を見送っても、本当に「死ぬ」のは、自分ひとりです。
あまり考えたくはないのですが、考えないと「本質」からは外れます。
あくまでも、「孤独」が基本に在るということです。

そうしたお互いが《アプリヴォアゼ》して、唯一の結びつきが生まれます。
だからどうも、「飼いならす」という訳語ではしっくりと来ない。
お互いに「飼いならす」というのは、おかしいですよね。

23. きつね 6

L'essentiel est invisible pour les yeux.
レッサンシエル エ タンヴィジーブル プール レ ズュー.

「肝心なことは、眼には見えない」

それを私たちは、常識として知っているような気がします。
この前にきつねは、「心で見なければちゃんとは見えない」とも言っていますが、
それも、当たり前という気もします。

しかし、きつねが別れの言葉としてここで言うと、
その重みが違うようなのは何故でしょう？
知っていると思っているそのことが、
実際の生活では生きていない、そういうことではないでしょうか？

見た目だけを基準にして判断し、
心が使われないまま対象に接する、
それが私たちの普段の生活のようです。

忙しすぎるのです。
すべてがマニュアル化し、心を使っている暇がないのです。
分刻み秒刻みの時間に追われ、
いったん立ち止まって、
心が追い付いてくるのを待つ、そのゆとりが与えられないのです。

そうやって時間に追われている間に、心そのものさえも、な

くしてしまいます。
そうして、「むなしさ」が忍び寄ります。

「むなしさ＝虚無」が世の中を次第にむしばんでいく、
その状態をエンデも語っています。
そこから抜け出そうとしてファンタージェンにはまり、
コミュニケーションが取れなくなった、
「人間のような生き物」のことも描いています。
ファンタージェンとは、みせかけの宗教であり、麻薬であり、
その他、いろいろと、私たちのまわりに広がっています。
そこに私たちは自分から入り込むのです。
エンデはまた、時間を取り戻そうとする少女のことも語っていますね。

きつねの話にしろ、エンデの話にしろ、
ただの「おはなし」ではなく、実際のことなのだと思います。

怖いです。

24. 線路切り替え手

On n'est jamais content là où l'on est.
オン ネジャメ コンタン ラ ウー ロン ネ.

「ひとは、自分の居る場所に決して満足しない」

やはり、人間批判のテーマです。

耳が痛い言葉です。
学生時代、13回も引っ越しをしました。
三年目からはずっと同じ下宿でしたから、二年間で12回です。
お金が無くなって、定期券で何度も往復して荷物を運んだこともありました。
私鉄の小さな駅の駅員さんが変な目で見ていました。
机は分解して運ぼうとしたら駄目になりました。
耳に痛い言葉です。

急行列車が行ったり来たりを繰り返します。
自(みずか)ら旅をするのではなく、ただ運ばれるだけの乗客がぎっしりと乗っています。
まわりの景色を眺めるでもなく、居眠りをしたり、あくびをしたりしながら……。

遊びにしろ仕事にしろ、目的に縛られて、
時間を節約するために人びとはただ移動する。
移動そのものが、すでに「日常」になってしまった。

現在ほど早く移動出来なかった時は、移動それ自体が「非日常」でした。
それによって刺激されていた私たちの感性は、

移動が「日常」となるにしたがって次第に鈍り、
今では、別の土地に行っても、別の場所に来たという感じが、あまりしません。
言葉や、わざとらしい興奮で、その感覚を刺激しようとしても、どこか空しい。
なにかを失っているのです。

私たちが移動するには、本当は、自分の心が追い付いてくる時間が必要なのです。
本来は必要であるその時間を、私たちは、かけていることが出来ない。
やはり、忙しすぎるのです。それで、空しいのです。
「旅」が出来なくなりました。

デラシネのところを思い出します。

言い訳になるかも知れませんが、下宿の引っ越しは、
別の折には、借りたリヤカーに荷物を載せて引いたりもして、
それぞれがひとつの旅だった、そんな気もします。

25. 薬 商 人

C'est une grosse économie de temps, dit le marchand.
セ チュヌ グロッス エコノミー ド タン, ディ ル マルシャン.

「時間をすごく節約できるよ」、商人はそう言った。

やはり、時間の節約です。

一週間に一粒服用すれば、水を飲む必要が無くなって、
週に53分の節約になるのだそうです。
皮肉がうかがえます。

サン＝テグジュペリは砂漠に不時着して、渇きにひどく悩まされたことがあります。
水を飲む必要が無くなる薬があればいいと、その時、思ったのかも知れません。

死の寸前にまで渇きに苦しんだあとでの、水の味わい、
それを彼は、忘れてはいないでしょう。
その時差し出された水は、聖性を帯びて特別な輝きを放っていました。
苦しんだ分、彼は、特別な歓び（よろこび）を味わったのです。

『水よ、あなたは命に必要なのではない。あなたが命なのだ』
『涸れはてた心の泉が、あなたの恩寵（おんちょう）で、すべてまた湧き出して来る』

『人間の土地』より

そこまではいかなくとも、

普段、ふつうに水を飲む行為で、
私たちも、ふっと心を取り戻す。
そういうことがあるのではないでしょうか。

Petit Princeが、53分の時間を使って、
ゆっくりと、静かに、泉の方へと歩く。
その泉は、やはり、聖性を帯びて、静かに輝いているでしょう。

26. 砂漠　1

J'ai toujours aimé le désert.

ジェ トゥージュール エメ ル デゼール.

On s'assoit sur une dune de sable.

オン サソワ スュル ユヌ デューヌ ド サーブル.

On ne voit rien.

オン ヌ ヴォア リヤン.

On n'entend rien.

オン ナンタン リヤン.

Et cependant quelque chose rayonne en silence. . . .

エ スパンダン ケルク ショーズ レイヨンヌ アン シランス. . . .

「ずっと砂漠を愛してきた。
　砂丘の上に座る。
　何も見えない。
　何も聞こえない。
　だがしかし、静寂の中で、何かが輝いている……」

美しい文章です。

隠されたものが、輝きを放って、
その物の美しさを成している。
それは、単なる思考の結果ではなく、
サン＝テグジュペリの実体験であり、
生涯の思索の「核」でした。

Ce qui embellit le désert, c'est qu'il cache un puits quelque part. . . .
スキ アンベリル ル デゼール, セ キル カーシュ アン ピュイ ケルクパール. . . .
「砂漠が美しいのは、どこかに井戸を隠しているから……」

『人間の土地』の中でも彼は、こう記（しる）しています。

『きょう、ぼくらは渇きを知った。
そして、はじめて気付く。
この砂漠、つまりはこの井戸が、
茫漠（ぼうばく）たる拡がりを覆って、輝いていることに。』

そうしたものを感じ、捉（とら）え、味わう感性は、
「孤独」からのみ生まれます。

「孤独」は心のアンテナなのです。
それによって、人生は豊かになります。

27. 砂漠　2

Je regardais, à la lumière de la lune, ce front pâle, ces yeux clos,
ジュ ルギャルデ, ア ラ リュミエール ド ラ リュヌ, ス フロン パール, セ ズュー クロ,

ces mèches de cheveux qui tremblaient au vent,
セ メーシュ ド シュヴー キ トランブレ オー ヴァン,

et je me disais : ce que je vois là n'est qu'une écorce.
エ ジュ ム ディゼ : スク ジュ ヴォア ラ ネ キュヌ エコルス.

Le plus important est invisible. . . .
ル プリュ ザンポルタン エ タンヴィジーブル. . . .

「月の光に浮かぶ青白い額、閉じられた眼、風に震える髪の房を見つめながら、
わたしは自分に言い聞かせた。
……ここに見えているのは外側にすぎない。
一番大切なものは眼には見えない……」

世を去ったばかりのひとを見送る夜、
私たちは、その身体を見ていません。

黙って、身体の中にまだ残されている、そのひと自身を見ています。
そうです。大切なものは、眼には見えないのです。
それを見ることが、私たちにも出来るのです。

生きていて、会話していたときには見えなかった、そのひと自身が、
そういう時に見えることさえもあります。
向き合っていると、大切なものがかえって見えない。
往々にして、人間同士、お互いにそうですよね。

たまに、ひとりでヨットに乗ることがあります。
穏やかな風に音もなく運ばれているとき、
同じように、自分の身体に運ばれている私自身を思って、
不思議な感じにとらわれます。

身体は私の外側に過ぎない。
しかし、その身体に運ばれ、生かされている。
それがとても不思議です。

28. 井　　戸

Je soulevai le seau jusqu'à ses lèvres.

ジュ スールヴェル ソー ジュスカ セ レーヴル.

Il but, les yeux fermés. C'était doux comme une fête.

イル ビュ, レ ジュー フェルメ. セテ ドゥー コム ユヌ フェート.

Cette eau était bien autre chose qu'un aliment.

セット オー エテ ビアン オートル ショーズ カン アリマン.

Elle était née de la marche sous les étoiles,

エレテ ネ ド ラ マルシュ スー レ ゼトワール,

du chant de la poulie, de l'effort de mes bras.

デュ シャン ド ラ プーリ, ド レフォール ド メ ブラ.

Elle était bonne pour le cœur, comme un cadeau.

エレテ ボンヌ プール ル クール, コム アン カドー.

「私は汲み桶を彼の口元まで持ち上げた。
両の眼を閉じて、彼は飲んだ。
まるでひとつの祝祭のように、それは甘美だった。
その水は、ただの飲食物とはまったく別のものだった。
星々の下(もと)の歩みから生まれ、
滑車の歌声から生まれ、
私の腕の働きによって生まれたものだった。
それは、贈り物のように、心をうるおす水だった」

28. 井戸

彼我の混同が起こっています。

他者が飲んでいるはずの水なのに、祝祭のように甘美だと、
自分が味わっているかのように、その味を伝えています。

元型である彼と、著者である私自身との混同。
サン＝テグジュペリは、意識して、そう描いたのでしょう。
どうやらここで、この作品の種明かしをしてくれているようです。

前の章からこの章へと、
「別れ」を予感させながら、
この書物自体も、
祝祭のような輝きを帯びはじめます。

29. 別　　れ

On se console toujours.
オン ス コンソール トゥジュール.

「ひとは、常になぐさめられる」

ひとはみな、

こころの中に、ひとつ、
自分の井戸を持っています。

一生の間に、数えきれないほど経験する悲しみですが、
いつの間にか、つらさは和らぎます。
時間が味方になってくれるのです。

和らげられた悲しみは、しかし、
そのまま消えるのではありません。
こころの井戸に落ち込んで、
そこに貯えられ、
時間とともに熟成して、
そのひとの「養分」となります。

そうした悲しみが多ければ多いほど、
こころの井戸は深くなり、
そのひとの「人間」も深くなります。
「悲しみ」は「哀しみ」となり、「愛(かな)しみ」となります。
人の世というものに対する愛情に変わるのです。
「温かみ」へと変わるのです。

生きている限り、悲しみと無縁ではいられません。

ひとつひとつの悲しみから顔をそむけず、
黙ったまま、しっかりと受け止め、
こころの井戸に貯えて、
時間とともに、それが「養分」となるとき、
他者の悲しみに対する、真の共感も生まれます。

おわりに

全体的に、人間批判に満ちています。
暗いです。

アメリカに亡命していたフランス人社会の中で、
政治的な争いに巻き込まれ、
サン＝テグジュペリは孤独を味わい、つらい思いもしたようです。

フランスがアメリカの援助を受けて、再び対独攻撃に立ち上がった時、
すでに四十歳を過ぎていた彼は、もう一度、
一飛行士として、それに加わることにしました。
飛ぶことが好きだったのでしょう。
空では心の平和が得られたのでしょう。

操縦士としての技量に対する、まわりの不信感にも逆らいつつ、彼は飛び続けますが、
爆撃機や戦闘機には搭乗せず、最後まで偵察機に乗っていました。
地中海上空で撃ち落とされ、世を去ったのですが、
祖国フランスのために命を懸けるという彼の望みは、叶えら

れたのです。

あるいは、思惑と打算、欲望と争いに満ちて、
子どものこころを保っている人間にはついていけない、
人の生というものに、
すでに絶望していたのかも知れません。
ひとりで、空から地上を眺めるのが、彼は好きでした。
雲に乗った楽しい絵をいくつか残しています。
羊もよく描かれています。

ドイツ軍の兵士たちの中にも、彼の著作の愛読者は居て、
彼を撃ち落としたとされる操縦士も、のちに、
サン＝テグジュペリだと知っていれば、攻撃しなかったと
語っています。

この作品の中で彼は、
それまでずっと抱いていた彼自身の「元型」に別れを告げて
いるようです。
この戦争が終わったら、修道院に入りたいという言葉も残っ
ています。
私感ですが、
Le Petit Prince は、彼の遺書であったような気もします。

以前からフランス語を学んでいたくせに、

友だちに教えられて、この本を読んだ時は二十五歳になっていました。
しかし、別の考え方をすれば、子どもの時にこの本に触れず、
しかも最初から原書で読めたというのは、幸運だったかも知れません。

色でいうと、あくまでも深い、透明な青。
一ページ、一ページ、先へ進むのを惜しみながら、何日かかけて読み進み、
最後の章を読み終わったのは、夏の夕方でした。

夕陽の色が、宵闇の青と次第に混ざり合い、
少しずつ夜が拡がってゆく。
その空を窓の外に眺めながら、
深く息をつきました。

この感動の源は何なのだろうと、考えました。
いろいろと事情があって、孤独感に悩んでいたのですが、
その孤独感が、寂しさはそのままに、温かみを帯びているのです。
「孤独感」が「孤独」そのものに結晶した、そう言えるでしょうか。
「孤独」というものをそのまま肯定された、そんな感じがし

ました。
その感じは大事だよ、大切にしろよ、
そう言われたとも感じました。

孤独感で悩まず、まわりに救いを求めることもなく、
それを自分の基礎として、
そのままに生きられるようになったのは、その時からでしょうか。

この書を、孤独感を抱いているすべての人に贈ります。
「孤独」を大事にしてください。
逃げようとするのでもなく、
忘れようとするのでもなく。

そこが、私たちの「心」の「源（みなもと）（＝泉）」なのです。
そこから、本当に人びとと結びつきもするのです。
“アプリヴォアゼ”の世界も始まるのです。

「孤独」がなければ、「真の結び付き」も生まれません。

前川　久次（まえかわ　ひさつぐ）

「経歴」という服を着たくないので、省略させていただきます。一応、大学は普通よりかなり遅れて卒業しましたが、高校は卒業していません。フランス語は、高校を中退したあと、自由な雰囲気の中で六年ほど学びました。

「星の王子さま」Le Petit Prince
とのちょっぴり哲学的なさ.ん.ぽ...

2018年7月18日　初版第1刷発行

著　者　前川久次
発行者　中田典昭
発行所　東京図書出版
発売元　株式会社 リフレ出版
〒113-0021　東京都文京区本駒込 3-10-4
電話 (03)3823-9171　FAX 0120-41-8080
印　刷　株式会社 ブレイン

ISBN978-4-86641-151-4 C0095
Printed in Japan 2018

ご意見、ご感想をお寄せ下さい。
［宛先］〒113-0021　東京都文京区本駒込 3-10-4
東京図書出版